MW01230507

Luna Negra

LUNA NEGRA

Autor:

Henry Esquivel Monge.

Luna Negra

DEDICATORIA

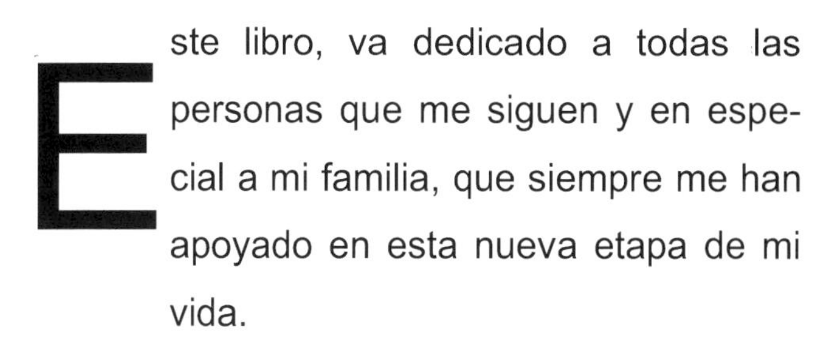

Este libro, va dedicado a todas las personas que me siguen y en especial a mi familia, que siempre me han apoyado en esta nueva etapa de mi vida.

Luna Negra

AGRADECIMIENTOS.

Agradezco principalmente a Dios por el don de la vida.

A mi esposa Gina Vargas, quien siempre me ha brindado su apoyo incondicional, a mis tres hijos Edward, Valeria y Fernando, mis padres hermanos, hermanas y demás familiares.

A mis amigos y amigas, que con su amor y apoyo he podido seguir adelante. A todos ustedes, que Dios puso en esta vida, que Dios me los guarde siempre.

Luna Negra

INTRODUCCIÓN:

Luna es una niña que dejaron en la puerta de un orfanato llamado San Lázaro con una extraña nota y que al pasar del tiempo va desarrollando unos poderes mentales que la hacen diferente y hacen sospechar a todos que se trata de brujería, luego de buscar miles de soluciones ella conoce un reverendo que la ayuda y la libera de sus temores.

Esta novela es corta y en ella se trata de tocar un tema que siempre nos ha sobrecogido. La lucha entre el bien y el mal.

¡Qué disfrutes mi libro!

Al finalizar mi libro encontraras mi correo y mi página de Facebook donde dejar sus inquietudes

Con mucho gusto responderé sus dudas y también esperare sus críticas.

Henry Esquivel Monge.

Su Escritor.

CONTENIDO

CAPITULO I

Era una noche clara, calmada y serena, como pocas en aquel lugar, las estrellas iluminaban el firmamento y entonaban de luz la ciudad, la madre Sor Clara se mantenía en su mecedora de madera en el patio del orfanato San Lázaro, meditando un poco mientras se tomaba una tasa de aquel rico café, de repente, un golpe que se escuchó proveniente de la puerta que da a la calle, la saco de su estado de tranquilidad, alguien tocaba, algo urgente debía de ser para tocar a esas horas, eran casi la una de la madrugada.

—Quien será a estas horas, cuando ya estaba a punto de irme a dormir, ojalá no sea algo grave— dijo la madre superiora Sor Clara mientras se encaminaba casi dormitando hacia la puerta.

Se asomó por el pequeño agujero de la puerta que servía de visor y no se observó a nadie, abrió entonces la puerta y se encontró con una canasta de plástico cubierta con una cobija y dentro de ella una linda bebé que extendía sus manos, la niña era blanca y con unos ojos celestes cabello amarillo y llena de ternura y carisma, a la par una nota que decía.

"Espero puedan ustedes darle una buena vida a mi hija y ayudarla, ella nació en una luna negra y tenemos temor que Lilith reencarne en ella, ustedes que están más cerca de Dios ayúdenla por favor."

No sabía qué hacer, ni entendía mucho lo que la nota decía, decidió acoger la niña, pues esa era su misión divina del convento, ayudar a los desamparados.

—Mañana le preguntare al padre Torres, él debe saber de estas cosas, él estudió de esto en el seminario.

Se quedó observando la niña, aquellos ojos azules la cautivaban y más cuando trató de sonreír, sintió que en su corazón se estaba haciendo un rinconcito para aquella pequeña niña que sabe dios como llegó hasta la puerta de ese convento.

—Que inteligente esta niña, tan pequeñita y es toda carismática, es un terroncito de miel —se dijo para si la monja toda llena de ternura.

La llevó a una de las tantas cunas que existían en el salón y le preparo leche para darle de beber un rico biberón, a lo que la niña no se hizo de rogar y tomó a prisa como si llevase ya mucho rato sin comer.

—A, tienes hambre —exclamó Sor Clara. —Que nombre te voy a poner, tu madre no nos dejó esa información, ya sé, cómo dicen que naciste con luna, así te llamaré, Luna será tu nombre.

La niña observó a Sor Clara, como dando su aprobación y continuó con su mamila, la monja la alzó en sus brazos hasta que se quedó dormida y luego la depositó en la cuna para que descansara.

Al día siguiente muy de mañana, Sor Clara buscó al padre Torres y le mostró la nota, el padre Torres la leyó, muy consternado y expresando mucha preocupación preguntó.

—¿Y donde esta esa niña, quiero verla?

—Está en el salón de bebés en una cuna, si usted gusta vamos de una vez —expuso Sor Clara un poco consternada por la actitud del padre Torres.

—Sí, sí, me interesa verla de una vez —respondió el padre Torres denotando una gran preocupación —luego te voy a explicar lo de la nota, pero no debes comentar esto con nadie.

—Como usted diga señor padre, será un secreto lo de la nota, pero si me explica por favor, que ya me tiene asustada.

Caminaron a toda prisa por aquel largo pasillo de color blanco, desteñido por el pasar del tiempo, sin decir palabra alguna, hasta llegar a la sala de bebés.

—Es este padre —indicó Sor Clara con una sonrisa en la cara —verdad que es linda.

—A ver, si es una linda niñita ¿Qué nombre le vas a poner?

—Luna, padre, qué opinas —dijo Sor Clara con mucha ternura.

—Me parece atinado, dada la situación, mejor vamos a la oficina para hablar en privado.

Al llegar a la oficina, el padre Torres cerró la puerta y colocó el seguro, hizo gesto con su mano a Sor Clara para que se sentara, tomándose unos minutos de tiempo, le sirvió un vaso de agua a Sor Clara, puso un poco de música muy baja. La tención se podía notar en el ambiente. Después de un rato Sor Clara interrumpió el silencio.

—Padre que pasa, es algo grave.

—Mira, esta historia de Lilith es muy antigua, desde los tiempos de Egipto y mucho antes, la cultura judía, dice que fue la primera esposa de Adán y ésta se rebeló contra Adán y contra Dios, que por voluntad propia se fue del jardín del edén y se entregó a los demonios y conviviendo con ellos, convirtiéndose así en madre de los demonios. Una vieja profecía indica que reencarnará en una niña que nacerá en una luna negra.

— ¿Y qué es la luna negra? —Preguntó asustada Sor Clara

—La luna negra, es cuando en un mes se dan dos lunas nuevas, a la segunda se le llama luna negra —respondió el padre Torres.

—Pero esto es pura superstición según la iglesia, esto nació de un culto muy antiguo que se creía extinto desde hace mucho tiempo, pero veo que no es así y está tradición sigue cultivándose en lo secreto, hay que tenerla vigilada y ver cómo crece.

—Si padre, yo le informaré si algo extraño le ocurre, pero esta belleza, no creo que dure mucho por acá alguien le dará un hogar pronto.

—Esperemos que si madre, todo niño se lo merece —contestó el padre esperanzado a que esto fuera solo superstición.

CAPITULO II

Cierto día, se presentó un hombre de aspecto un poco extraño, vestía un traje negro muy elegante y una capa le cubría su espalda llevaba con sigo un bordón y en la parte superior del mango la imagen de una cabeza de culebra con dos perlas muy rojas que hacían de ojos, tan realista era, que daba la sensación de que estaba viva y podía ver.

Llegó preguntando por Sor Clara, como si ya la conociera. Después de unos veinte minutos Sor Clara apareció.

—Hola, me indican que usted me anda buscando— le dijo Sor Clara con un poco de recelo—a ver señor tome usted asiento y dígame en que le puede ayudar.

—Usted vera, me he enterado de que hace ya un tiempo ustedes acogieron una niña que apareció en la puerta de su convento— le dijo mientras se posaba sobre aquel asiento color café, un poco desteñido.

—Acá recogemos muchos niños de esa forma, casi es la regla con una que otra excepción— contesto la monja.

—Si, pero yo pregunto por una en específico, sé que le llego a la puerta hace ya cuatro años en una noche de luna, se que usted sabe de cual le estoy preguntando.

—Mira señor, la verdad no, pero dime cuál es su intención es claro que usted busca una niña específica y la verdad no entiendo por qué.

—Mis intenciones no creo que sean relevantes—contestó el hombre. —Pero vera soy el abuelo de la niña y quiero recogerla y llevarla a mi casa.

— ¿Y por qué no vienen sus padres a buscarla si no usted? ¿Qué me garantiza que sea su abuelo en realidad y sus intenciones no sean otras? —Le interrogo la madre superiora un poco intrigada.

—Vea madre, usted no se preocupe, usted me la da y es una boca menos que cuidar y a cambio yo le doy un buen aporte.

—Usted se equivocó de orfanato señor, acá tenemos temor de dios y ningún niño está de más, puedo ver que usted esta lleno de maldad y arrogancia, por favor le pido se retire de mi oficina.

—Está bien me retirare, pero antes le diré que yo soy el mago Morían, mas conocido como el mago oscuro y si no me la da, tenga por seguro que llegará el día en que ella misma me buscara y la gran diosa Lilith habitara en ella y controlara el mundo.

—Lejos de mi oficina, aléjese de aquí o llamare la policía—le dijo Sor Clara muy enojada.

El mago desapareció envuelto en una nube de polvo negó, mientras sus carcajadas se podían escuchar por todo el orfanato. Sor Clara asustada aun por lo sucedido, corrió a la oficina del padre Torres y le comunicó lo sucedido, este muy consternado le indico que era mejor tener más precaución y de ser posible mantener la niña vigilada lo más pronto posible.

CAPITULO III

Sor Clara caminaba cerca de la capilla del orfanato, cuando del interior escuchó una voz que la llamaba, miró para uno y otro lado, pero no observó nada, estaba un poco escéptica y decía para sí.

—De seguro es por estar tan cansada, ya mis años pesan y a esas edades se escuchan cosas y de seguro ya me dio a mí.

Pero al mirar hacia dentro intentando ver el santísimo para persignarse como a su costumbre, no encontró siquiera la ermita, en su lugar se observó un prado hermoso con unas fuentes de agua que recorrían el paisaje a lo lejos se divisaba una figura humana que poco a poco se acercaba. Al estar casi de frente, la madre superiora vio con claridad que era una mujer, de pelo largo castaño, ojos color miel y delgada sin caer en el extremismo.

—Hola hija mía—dijo con voz dulce—hoy me han enviado a ti a darte un mensaje. La niña que tú cuidas es muy especial, pero presenta problemas. El diablo la quiere usar y la atacará muy fuerte, pero tú debes ayudarla.

—Pero como, yo no sé de estas cosas —contesto Sor Clara un poco temerosa.

—Yo te ayudaré y pondré en tu corazón que es lo que debes hacer.

—Y quién eres ¿María? — pregunto, más asustada que otra cosa.

—Yo solo soy una enviada del señor—contesto la mujer.

De la forma que se presentó aquella visión así de desvaneció de rápido. La monja no supo otra cosa que hacer que correr donde el padre Torres a contarle lo sucedido. Pero este solo le dijo que esperara en Dios a ver qué pasaba.

CAPITULO IV

Los años fueron pasando uno tras otro, como pasan las olas en el mar sin el menor contratiempo, que hiciera pensar que Luna fuera distinta a las demás niñas del orfanato.

Luna creció linda, sana y fuerte, como todo niño normal, tanto así que el misterio nunca se mencionó más, lo único extraño era que ninguna persona adoptara a esa niña dulce y bella, pero Sor Clara siempre hizo cierta trampa, pues trataba de esconder la niña cuando llegaba gente, temiendo que algo grave le pasara y no estar ahí para protegerla ya que la había tomado bajo su cuidado exclusivo.

Ella era muy quieta, de carácter afable, dada a jugar sola y no ser de andar en peleas, era muy aplicada en clases y le gustaba aprender cosas nuevas, muy inteligente.

Un día, mientras jugaba sola cerca del árbol de manzana que llamaba su casita de muñecas, escuchó una voz femenina, que la llamaba por su nombre, buscó y buscó por los alrededores y no observó a nadie, por lo que continuó con su juego, luego, unos minutos después, escuchó lo mismo, pero esta vez corrió a buscar a la madre superior Sor Clara, ya que según ella fue quien la llamo.

—¿Me llamó usted madre? —preguntó la niña sin saber que sucedía.

—No Luna, yo no te he llamado —respondió Sor Clara.

—Yo estaba en el palo de manzana jugando y escuché que me llamabas, pero muy suave apenas si la escuché —respondió Luna un poco intrigada.

—Ve, sigue jugando y si esto continúa me lo dejas saber.

La niña así lo hizo, pero por muchos días no pasó nada más. Hasta que un día mientras dormía, tuvo un sueño extraño que la despertó asustada, estaba sudando y muy inquieta, corrió al cuarto de Sor Clara y le tocó la puerta, ya que por su edad ya dormía aparte y Sor Clara le dejó quedarse con ella a dormir esa noche, ya que la vio muy consternada y por la mañana le preguntó.

—A ver niña ¿qué fue lo que soñó anoche?, me asustaste mucho.

—Madre soñé que una mujer, que era una culebra de la cintura para abajo, estaba enrollada en el palo de manzana, que está en el patio donde yo juego y me decía que ella era mi madre Lilith y me dio mucho miedo —comentó Luna mientras su cuerpo temblaba de solo recordar el sueño.

—Anda hija ve y reza al santísimo unos seis padres nuestros y cinco aves maría, para que Diosito me la proteja y se te quite ese temor, —decía esto, mientras en sus adentros deseaba correr a comentarle al padre Torres.

Al poco rato y tratando de disimular, fue Sor Clara a la oficina de padre Torres, para comentar lo sucedido. Luego de un rato de estar dialogando y buscar información sobre el caso en internet, el padre le comenta.

—Creo que lo que estábamos temiendo le está sucediendo, un espíritu la está atormentando y no sabemos si los padres hicieron sobre ella un pacto de ofrecimiento o algo por el estilo, pero estamos a tiempo de prevenirlo, voy a comunicarme con la Santa Sede, para que envíen un experto en casos como este, usted vigílela, es mejor que duerma con usted unos días.

CAPITULO V

Una noche, mientras dormía en el cuarto de la madre superiora, en un catre que daba a la ventana, que, por estar en un tercer piso, permitía ver la ciudad muy hermosa brillar por las noches y algún poco de esa luz penetraba la penumbra, aunque muy tenue, dándole al lugar un toque sombrío y misterioso lleno de sombras.

Sor Clara se despertó y lo que observó le dejó anonadada, Luna estaba dormida, flotando sobre su cama, como si de un papel que recoge el viento se tratase.

No sabía qué hacer le daba miedo despertarla, pero también le daba miedo dejarle así, trató de hacer un poco de ruido y mientras rezaba con su rosario de carey en la mano, Luna empezó a descender de forma muy lenta, la noche pasó sin más inconvenientes y por la mañana, Sor Clara le preguntó.

—Dime Luna anoche que soñabas.

—Soñé que podía volar por los cielos, como si yo fuera un pájaro y que mi cuerpo flotaba como si no pesara ¿Por qué? —inquirió la inocente niña.

—No, no, solo tenía curiosidad, es que hacías unos ruidos extraños, ve hoy y reza un poco —le indicó, sin querer levantar sospechas, al fin y al cabo, solo era una niña de ocho años.

Sor Clara se fue rápido y le comentó con lujos de detalles al padre Torres de lo sucedido, este por su parte le indicó:

—Tranquila hermana Clara, ya en estos días llega el enviado por la santa sede y él se encarga.

—Usted está seguro, porque esto ya me está asustando.

—Si madre ya salió para acá y esta próximo en llegar.

A los dos días, llegó el padre Torreto, era un sacerdote especializado en demonología y en exorcismo con una personalidad un poco extra, él no hablaba mucho y tenía una mirada penetrante, miraba fijo a las personas a tal punto que no parpadeaba.

Era moreno alto de talvez un metro noventa, delgado lo que lo hacía verse aún más alto, usaba una barba en la que se denotaban ya unas canas, talvez seria por sus cincuenta y tantos años encima tenía un ojo celeste y el otro café, lo que lo hacía ver aún más extraño.

Al día siguiente el padre Torreto, pidió se le trajese a Luna para saber qué era lo que sucedía con ella y poder así analizarla detenidamente, saco de un bolso color negro de los que usaría un doctor, sacó una botella de agua bendita, un recipiente pequeño con sal, un crucifijo mediano, al cual beso.

Hizo pasar a luna y después de un buen rato de analizarla y hacerle preguntas el sacerdote les indicó.

—Lo que la niña tiene, no es una posesión, es solo talentos, esto puede usarse para bien o para mal, ya que sus habilidades son más que todo mentales.

Muchas personas nacen con esa habilidad y por temor a lo que la gente les dice las reprime, pero también reprimen una parte de si, cosa que podrían canalizarlas en otras actividades.

Muchos se convierten en artistas o escritores, a esto se le llama el desarrollo del tercer ojo. Su trabajo será orientarla a que su deseo por servir a Dios sea grande.

Dios podría utilizar sus talentos, hasta para realizar milagros todo depende de su disposición y fe. Ya que ella tiene una sensación espiritual como muy pocos y también trabajar su parte artística.

—Y será que eso la llegue a afectar —preguntó la madre superior.

No debería, siempre y cuando ustedes le enseñen del temor a Dios, eso si deben de tener cuidado de tratarla muy sensible, la ira es un detonante muy fuerte de estas habilidades y ella no tiene edad de controlarlas.

CAPITULO VI

Los días pasaron y los años también y Luna se convirtió en toda una señorita de catorce años ya con un cuerpo desarrollado, como toda una mujer, muy hermosa, con su pelo rubio, largo a media espalda, que acostumbraba a llevar en una cola de caballo, con esos ojos azules que la hacían parecer un ángel, con metro setenta de altura y un cuerpo muy delineado.

Muchos quisieron adoptarla, pero ella decidía quedarse en el orfanato y ayudar con las tareas, era muy estudiosa y pretendía ser mayor de edad para ir al seminario a estudiar y ser una monja para poder ayudar así a los demás niños.

De repente y sin avisar aquellas experiencias extrañas regresaron, pero esta vez en forma de sueños.

Soñaba con lugares que nunca había visto ni escuchado sus nombres y podía dar direcciones y referencias tal cual conociera.

Contaba historias antiguas, que solo el padre torres escuchase en el seminario.

Soñaba viéndose como una diosa adorada, la gente llegaba en miles a darle ofrendas y pedir favores.

Esos sueños eran cada vez mas constantes y la llenaban de temor.

Trataba de no contarle nada Sor Clara, pues ya estaba muy mayor y sabia lo preocupada que la ponían estas cosas, por lo que trataba de asimilar todo en silencio.

CAPITULO VII

Una tarde mientras Luna paseaba por el patio del otro lado de la tapia alguien tiró un libro, con empastado en cuero negro arrugado, que lo hacía verse muy antiguo y en el centro de la pasta tenia dibujada una serpiente que estaba enrollada en una vara y encerrándola un circulo dorado.

A Luna la intrigó el libro, lo tomó entre sus manos y lo ocultó entre su vestido azul de largos encajes.

Corrió al cuarto, cerró la puerta con doble cerrojo y se acostó a leer en su cama. No se dio cuenta como pasaban las horas, la lectura la cautivaba. El libro contaba historias antiguas de magia y magos que la dominaban, dragones y grandes héroes que la diosa Lilith les daba poderes secretos.

Hablaba de la eterna guerra del bien y el mal y que el bien era una mentira para poder mantenerlo sumiso deprimido sin poder conocer su verdadero poder interior.

Sin darse cuenta su carácter poco a poco se tornaba diferente era más retraída de lo normal y pasaba días enteros encerrada en su cuarto, tratando de escudriñar esos secretos.

La madre superior se enteró que algo le sucedía y ordeno a las demás monjas observala, al poco tiempo las hermanas le contaron a la superiora lo sucedido, por lo que decidió tomar cartas en el asunto.

Cierto día mientras Luna estaba en el comedor, la madre superiora ingresó a su cuarto y escudriño cada rincón de este hasta dar con el mencionado libro, lo envolvió en una sábana y salió del cuarto con el libro entre sus manos.

Luna regresó y desesperada busco y busco el libro por cada rincón de la habitación mas sin embargo no la encontró.

No podía reclamarle a nadie ni menos preguntar, pues en su interior sabía que no estaba bien.

—Mejor así —dijo en voz baja. —De todas maneras, debía dejarlo.

Los días fueron pasando y Luna volvió a ser la misma, amble y dulce, ella misma comprendió que algo extraño le sucedió al leer aquel libro y decidió no buscarlo más.

CAPITULO VIII

Luna fue enviada a traer unos víveres a la pulpería, que estaba a no más de doscientos metros del orfanato y cuando estaba por llegar, un hombre extraño la abordó.

Este hombre era grueso, pequeño de estatura, de una barba larga y gris muy canosa que le llegaba a su pecho, un poco calvo, solo en las partes traseras y a lo alto de las orejas tenía pelo, muy canoso y largo hasta los hombros, él la llamo por su nombre.

—Hola Luna como éstas —habló el extraño.

—Hola bien ¿Y usted quién es que me conoces? —indagó Luna un poco maliciosa del extraño.

—Mi nombre es Damián y soy un mago —indicó muy seguro de que ella entendería.

— ¿Y eso que es? —preguntó la joven adolescente, tratando de saber de qué se trataba todo eso.

—Soy un mago, hechicero, brujo como le quieras decir y estoy acá para ayudarte a entender tus voces visiones y sueños.

La joven al escuchar tal contestación y asustada por lo aprendido en el orfanato, de que esas cosas eran malignas, se persignó como le enseñase el padre Torres y la madre Sor Clara.

— ¡Qué haces! no tengas miedo —indicó el mago. — Yo solo quiero ayudarte.

—No me ayudes que no ocupo nada, a mí me enseñaron en la iglesia del orfanato que los brujos, magos y hechiceros son malos y están con el diablo. Que pases buen día y con permiso.

—Pero niña, yo soy un mago blanco y practico el bien.

Pero ella no le escucho porque salió corriendo lo más que pudo y se devolvió para el orfanato, tan asustada como si se tratase del mismo diablo lo que ella viera.

En cuanto llegó, le comentó con todo detalle lo sucedido a Sor Clara y le dijo que por favor no le enviase más a traer cosas, para no volver a ver a aquel hombre, que le atemorizaba tanto.

Después de ese día, no volvió a ver a aquel hombre extraño, que dijese ser mago.

Pero de su interior comenzaron a nacer poderes que ella no podía explicarse y trataba de guardar muy en secreto y que, para tratar de apagarlos, como ella decía, se pasaba horas enteras en la ermita del orfanato rezando y rezando.

CAPITULO IX

Un día mientras estaba en su cuarto, sin pensarlo, solo desearlo al volver a ver el cepillo, este se levantó en el aire y voló hacia ella. Esto no la asustó al contrario le pareció muy divertido y continuó practicando con otros objetos

Hasta que un día una de las niñas mayores llamada Karla, la comenzó a molestar, tanto así que Luna se salió de sus casillas y sin pensarlo dos veces, la levantó por los aires con su don y la dejó trepada en un árbol, que estaba en el huerto del orfanato.

Las hermanas no comprendían lo sucedido, pues se les había cortado las ramas bajas a todos los árboles, para evitar que se subieran a ellos la rama más cerca del suelo era inalcanzable y no tenía ninguna escalera cerca.

Por último, decidieron llamar a los bomberos, para que lograran bajarla, pues estaba muy alto en la copa del árbol al que se agarraba fuerte.

Con dificultad y a salvo, los bomberos lograron rescatarla y ella, salió corriendo para su cama, mientras gritaba, ¡es una bruja, es una bruja!

Nadie comprendió lo sucedido ese día y Luna decidió no repetir más esa acción y dejar de practicar mover cualquier cosa, pues no podía quitar de su mente aquellas palabras que le gritase su compañera Karla ¡bruja, es una bruja! Y ella no quería ser eso, porque las brujas eran del mal y ella quería ser una monja como las hermanas que las cuidaban, y llegar a cuidar y ayudar otros niños.

Luna siempre era muy noble, de corazón bueno, llena de bondad y amor por el prójimo, muy consagrada a la iglesia y deseosa de servir a la iglesia, el problema era controlar su carácter pues a su edad era algo casi imposible.

CAPITULO X

Esa noche luna se acostó muy cansada pues ese día le había tocado la limpieza del orfanato, una tarea muy pesada ya que era muy grande el lugar y solo eran ocho muchachitas de su edad las que se repartían el trabajo.

A muy altas horas de la noche cuando ya todos dormían sin reparamientos, Luna comenzó a tener un sueño, pero parecía la realidad, una mujer delgada, la cual no le podía ver su apariencia por estar cubierta por una niebla oscura, la tomó fuerte de sus pies y jalo de ellos.

En un instante, Luna observo como podía salir de su cuerpo y la presión de sus pies no cedía, vio que la extraña mujer la llevaba en el aire como si ella fuera un globo que flotaba. De repente la arrojaron a la calle y cerraron la puerta, ella sintió un golpe en sus glúteos y cabeza que impactaron el pavimento.

Sin pensar lo que estaba sucediendo, se llenó de un coraje y decidió entrar más no podía abrir la puerta, levanto su cabeza y observó una ventana abierta en su habitación, recordó que flotaba he intento escalar la larga pared, pero para su sorpresa podía subir sin mayor esfuerzo como si ella no pesara nada.

Al llegar a la ventana observó como su cuerpo estaba aún en la cama, un frio le recorrió todo su cuerpo y llenándole de temor, la mujer extraña estaba frente a su cuerpo material intentando entrar en él.

Esto la lleno de un coraje como nunca lo había sentido y se le abalanzó a ella, la agarró del cuello por detrás y la aparto de su cuerpo, sin más la rastrilló por la habitación con una fuerza que jamás había tenido y sin mayor resistencia arrojó a la extraña mujer por la ventana y cerró de un golpe la misma.

Asustada pero llena de adrenalina sentía su cuerpo astral muy fuerte y lleno de agilidad. Un pensamiento le invadió a la mente y si regresa esa mujer y roba otra vez mi cuerpo, intento sujetar la mano de Sor Clara que estaba en la cama continuó a la suya, pero su mano no pudo agarrarla, gritó, pero nadie la escucho.

Tomo la determinación de entrar en su cuerpo como observara hacerlo a la extraña mujer se sentó encima posicionando sus pies con sus pies y estos se fusionaron, luego la cadera y por último su tórax hasta introducir su cabeza.

Al entrar su cabeza, se despertó de un brinco, completamente sudada y con el cuerpo todo frio, el miedo no la dejo dormir aquella noche, la incertidumbre la hacía divagar en pensamientos, la duda la atormentaba ¿Sería un sueño? ¿Sería real? No sabía, solo esperaba que amaneciera y poder contar su experiencia a Sor Clara para que esta le dijera si fue real o solo un sueño.

CAPITULO XI

Cada año, cuanto más crecía, más podía ver, oír y sentir cosas extrañas, así como mover objetos más grandes, solo que ella los reprimía para que nadie lo notara, se hizo costumbre para ella estar sola.

A sus casi dieciocho años, ella estaba preparada para salir al mundo libre, fuera del orfanato. No sabía de amores, ni de la vida fuera de esas cuatro paredes, tenía todas las herramientas en educación, pero que hacer, ¿Dónde vivir? ¿Dónde trabajar? Y en qué. Eran dudas que a ella la agobiaban y cada día se acercaba más su despedida.

La madre superior le indicó que le podían ayudar a conseguir un departamento, pero solo le pagarían seis meses con ayuda gubernamental y posterior a eso lo debería pagar ella.

No pasó mucho tiempo y apenas cumplidos los dieciocho años, fue trasladada a un departamento. Sin saber que hacer, decidió salir y buscar algún trabajo, pero por más que intentaba las puertas se le cerraban, la comida se agotaba y se acercaba el día que debía de pagar todo y no tenía dinero.

Un día al pasar por la calle cerca de una autopista principal, noto que un joven hacía trucos de magia y la gente le pagaba dinero por ello, por lo que decidió hacer lo mismo en un parque cercano a su departamento. Consiguió unos globos y una mesa y levantó algunos objetos con su mente entre ellos una tijera, un papel y una piedra.

La gente se maravillaba de su talento y le daban dinero, ella comenzó a ver que fuera del orfanato la gente veía esas cosas con diferente óptica y que les llamaba la atención como entre-tenimiento y pagaban buen dinero.

CAPITULO XII

Luna, cada día tomaba mas confianza en sus poderes y los practicaba mucho, a la gente le encantaba ver los objetos que se movían y como mantenía las cartas flotando en el aire.

Mucha gente la seguía y ya tenía todo un espectáculo callejero digno de un circo o un escenario más grande, la gente le daba mucho dinero y ya pensaba abrir su propio local para dejar las calles, pero aun faltaba mucho para ello. La vida fuera del orfanato era dura y si no tenia dinero, no se podía hacer nada.

Al pasar de los meses y ver la fama que le daban sus presentaciones, ya el temor por sus poderes estaba casi extinto, al fin y al cabo, era su talento, se decía, no era una maldición y si los podía usar para el bien mejor, pero una bruja no sería nunca eso no.

Cierto día, mientras ella presentaba su espectáculo, entre la multitud vio una cara que le parecía conocida, un hombre bajo, grueso de barba blanca y totalmente calvo, con un bastón en su mano, vestido de ropa blanca echa de manta.

De su interior se apoderó un escalofrió y sus recuerdos de infancia le decían que era el mago que una vez encontrara camino a la pulpería de su pueblo, pero se contuvo y continuó, aunque por dentro quisiera escapar continúo escuchándolo.

Al finalizar, todos se fueron y ella recogió un buen dinero, al poco rato todos se habían marchado, excepto el hombre extraño.

—Luna ¿puedo hablarte? —preguntó un poco temeroso.

—Está bien, pero que sea breve, tengo prisa — respondió ésta con un poco de rechazo.

—Mira la última vez que nos vimos, sé que te asustasteis, eras solo una niña, pero ya has crecido y quizás tengas más comprensión ahora — recalcó con palabras firmes el mago y le indagó.

— ¿Quieres que nos tomemos un café en aquella cafetería para hablar tranquilos?

—Está bien, pero que sea breve —respondió Luna, siempre con una actitud cortante.

Después de un rato, sentados en una mesa frente a una taza de café, en aquella cafetería. Comenzó la conversación.

— ¿Quién es usted y porque me ha seguido siempre? ¿Acaso usted es algo mío? —interrogó Luna muy decidida a saber.

—Si crees que soy tu padre, no lo soy, yo solo soy un mago que veo tu talento y deseo que seas mi aprendiz… —El mago hizo una pausa, tomo agua de su baso y continuo.

—Usted tiene el talento necesario para poder trasmitirle todo mi conocimiento, de usted dependerá de cómo lo utilices. Usted nació en una luna negra y lleva la marca de lo oculto en su interior y aunque usted lo niegue sé que entiende de lo que le digo.

—La verdad no tengo la mínima intención de dedicarme a la magia o a lo oculto como usted le dice, si hago esto, es solo para poder sobrevivir y en cuanto consiga un trabajo, no lo hare más —recalcó Luna muy molesta con la proposición del mago.

—La verdad no le creo mucho —le dijo el mago— sé que disfrutas de la atención de la gente.

—Está bien, al menos déjeme explicarte que es el don que usted tiene, tal vez si comprende cambie de opinión — indicó el mago Damián, como rogándole lo dejara hablar.

—De acuerdo, entonces dime porque veo a la gente muerta, porque levanto cosas con solo pensarlo y porque puedo escuchar los pensamientos de las personas incluso el tuyo —indagó ella.

—Es muy sencillo, usted nació un día de luna negra.

— ¿Y qué es eso? —Pregunto Luna.

—Es cuando se dan dos Lunas nuevas en un solo mes y es una Luna por lo general oculta, que es la celebración de Lilith.

— ¿Y quién es Lilith? —Interrumpió de nuevo.

—Lilith fue la primera mujer de Adán, pero ella no quiso sujetarse, ni a la autoridad de Adán, ni la de Dios salió sola del edén y se entregó por voluntad propia al mal,

— ¿Y qué tiene que ver conmigo? —dijo Luna un poco asustada.

Ese nombre le era familiar, lo recordaba de sus sueños, visiones y voces que escuchara desde niña. La intriga le corroía, mas no quería demostrarlo, no sabía que intenciones tuviera aquel mago.

—Las personas nacidas bajo este signo tienen mucho potencial, más en tu caso que se dio un treinta y uno de octubre día de Halloween también, lo que la hace más fuerte y que se repita es muy pero muy difícil en mil años—Continuo el mago como tratando de persuadirla.

Él podía comprender que para ese momento Luna estaba recordando muchas cosas que le pasaran diferentes a las demás niñas en su infancia y que el nombre de Lilith le era muy familiar.

—A ti te van a buscar otras personas, entre ellas los seguidores de Lilith, para persuadirte a que le permitas a ese demonio tomar control de tu cuerpo, eso seria desastroso, porque lo que Lilith quiere es eliminar la creación divina —dijo el mago, con actitud muy seria.

Luna ya interesada en saber, cómo toda joven curiosa y sabiendo que por lo visto era la persona que sabía más del tema le preguntó:

— ¿Y que se supone que debo hacer yo, según usted?

—Mira, se dice que Lilith ha reencarnado en la joven que nazca ese día, a esa hora precisa y esta vez esa eres tú, ese poder que llevas y esas visiones y talento, en realidad no es tuyo, es de Lilith esperando salir y poseerte por completo.

— ¿Y yo que puedo hacer para evitarlo? —Pregunto Luna.

—Solo no la dejes salir y al no aceptar tú, ella no podrá manifestarse nunca, pero te acompañará hasta que tú mueras a menos que alguien con gran conocimiento y poder te ayude a sacarla de ti.

—Y ahora me dirás que eres tú —indicó Luna un poco incrédula.

—No, yo no me atrevería, se lo poderosa que es y me destrozaría.

—Pues la verdad, si mi misión es detenerla para que no haga daño lo haré, aunque pierda la vida en ello.

—Pero te destruirá a ti muchacha ignorante —respondió el mago un poco aireado.

Luna se levantó de la mesa y se despidió muy cortante, pero cortes, con la intención de no ver nunca más a el mago y buscar la solución necesaria para su problema.

—Que tengas lindo día, esta conversación ha terminado —expresó en tono molesto Luna.

—Ha y por favor, no me busque más, que no estoy interesada—dijo Luna muy enojada.

Luna quedo intrigada por la conversación con aquel anciano y decidió ir a la biblioteca a indagar un poco más, pero fueron muy pocos libros los que encontró al respecto, sin embargo, la bibliotecaria le indicó de un lugar donde se vendían ese tipo de libros en la ciudad y no estaba lejos de ahí.

Saliendo de la biblioteca se fue de prisa y encontró el lugar, estaba en un callejón oscuro de la ciudad, tenía un letrero que decía, si puedes leer este letrero esto es para ti.

La intrigó un poco lo que decía, he intentó verificar si todos lo podían leer, en eso pasó un joven y ella le preguntó si podía leer el letrero, pero el leyó algo muy distinto.

—Ahí dice tienda de antigüedades Doria.

—Gracias —indicó ella y se despidió.

CAPITULO XIII

Luna entro en aquel establecimiento un poco pequeño para su gusto, encontró que la persona que atendía era una mujer adulta de unos cincuenta y tantos años.

En el lugar se observaban objetos viejos y extraños que uno no podía ni entender. Al preguntar por la sección para libros, la mujer la encaminó a un segundo piso y le indagó.

—¿Y cómo que busca usted?

—Yo estoy buscando libros de información sobre Lilith.

—A que interesante, esa información no es muy buscada, yo le aconsejo no buscar mucho, es un poder muy peligroso que no debe desatarse.

En eso le tomó la mano y la observó, con asombro, como si recibiera una descarga eléctrica la soltó y le dijo.

—Discúlpame gran señora, por mi ignorancia. —Se arrodillo mientras su semblante se palidecía.

—¿Qué le sucede, que se puso así, se le bajó acaso la presión o padece usted de diabetes? —preguntó Luna muy asustada, con una preocupación que su cara la reflejaba.

—No, no es nada, es solo un mareo —dijo la mujer tratando de disimular la impresión que había recibido.

— ¿Pero por qué lo de las disculpas si no ha hecho nada malo? — dijo Luna sin entender lo que le sucedía a su interlocutora.

—Niña, veo que estas acá porque estas interesadas en desatar tus poderes y es algo muy peligroso de contradecir, solo tú podrías hacerlo.

—A ¿Yo puedo evitarlo? —Preguntó alegre Luna.

—Pues sí— hizo la mujer una gran pausa y continuo— esto es muy difícil, pero si se puede, yo solo conozco una persona capaz de hacerlo, es un ´pastor evangélico llamado Luis, pero te debes contactar con él, que sabe tratar estos misterios, él tiene el don para esto y sabe mucho, él podría ayudarte, si tú quieres te doy la dirección de él.

—Claro dámela—dijo Luna.

La mujer busco entre las cosas de un escritorio viejo y encontró un panfleto de una actividad un poco viejo extendió su mano y ofreció el folleto a Luna.

—Esta es la última dirección que conozco, talvez ahí te den información, la verdad no sé si continua ahí y estará en otro lugar. Pero ve ahora mismo, antes que sea muy tarde muchacha.

CAPITULO XIV

Después de que la anciana le diera la dirección, sin pensarlo dos veces, se dirigió a buscar esa persona que le dijera la mujer de la tienda, esperanzada a que pudiera ayudarla para deshacerse de ese problema, de una vez por todas.

Caminaba de prisa, sintiendo que era urgente llegar, sabía que, si se podía y quería ser normal como todas, además poder evitar que un ser tan maligno se apoderara de ella, para causar mucho mal que era imaginable de pensar.

Caminó durante una hora buscando la dirección, que la llevo a un lugar no muy elegante de la ciudad, al contrario, era u barrio marginado y se preguntó.

— ¿Será que un hombre con tanto poder como para enfrentarse a este demonio este en este lugar y en esta humilde y pequeña iglesia?

Tenía la idea que las personas poderosas tenían mucho dinero, que eran esos predicadores de la tele, que salían botando gente con solo soplar u tirarles un paño y esto era todo lo contrario.

La duda la embargó si en realidad era el hombre que podía liberarla, pero recordó que en los últimos días nada era lo que se veía y decidió llamar a la puerta.

Pudo notar que a un lado de la puerta estaba un timbre en forma de apagador de bombillo y extendió la mano para tocarlo.

Al tocar el timbre, sintió una corriente que recorría su cuerpo y un temor la invadió, en ese momento salió un hombre de unos cincuenta años, moreno delgado, pelo corto y ojos café. Que al verla temerosa le dijo:

—Hola muchacha, que Dios me la bendiga ¿Qué puedo hacer por usted?

—Hola, la señora de la tienda de cosas antiguas me dio su dirección y me indicó que usted podía ayudarme con mi problema.

—Qué extraño, esa señora no la conozco mas que de vista, pero pasa y charlemos adentro en mi oficina.

La oficina no era otra cosa que un pequeño cuarto con una mesa y dos sillas. En la pared en unas tablas de madera al estilo de librero, se observaban una colección de libros, todos con énfasis religioso.

Luna le conto su situación, de cómo su vida estaba plagada de cosas extrañas y como ella no quería ese futuro para su vida, que ella quería servir a la humanidad por medio de Dios y que ella sufría mucho por esa situación.

El por su parte, luego de escuchar detenidamente el caso, le indicó.

—Mira muchacha yo no soy quien en realidad te puedo ayudar, solo Dios puede él es quien tiene todo el poder para sacar demonios y liberar, pero si es la voluntad de Dios yo podría ser un canal para tu liberación y así poder romper las cadenas y pactos del pasado.

Luna quedó muy consternada por la declaración del reverendo y pregunto.

— ¿Pero si se puede hacer algo? ¿Hay una solución al respecto?

—Si muchacha, por cierto ¿Cuál es tu nombre?

—Luna Bron Torres, ese es el nombre y apellidos que me dieron en el orfanato.

— ¿Cómo creciste en un orfanato? —Pregunto el reverendo—por cierto, mi nombre es Javier Castro, disculpe mis malos modales con usted ¿quieres un vaso con agua o fresco para beber?

—Un vaso con agua está bien—respondió Luna.

Él se levanto y camino hasta la puerta y al poco rato regreso con un baso lleno de agua entre sus manos.

—Me gustaría me contaras tu historia en el orfanato si no te importa—dijo el pastor Javier.

—No, no para nada, no es algo de lo que me avergüence.

Luna le relato toda su historia de cómo su madre biológica la había dejado en la puerta del orfanato, de cómo fue su vida ahí y como habían salido sus poderes poco a poco.

También le contó de los encuentros con el mago blanco y la conversación que tuvieron en el restaurante y como fue que llego a dar con él.

—Esta historia es muy interesante, lo de Lilith la verdad muy poco lo había escuchado, pero se que mi Dios tiene más poder y podrá liberarte— dijo el reverendo Javier muy interesado y con mucha certeza en su voz.

—Qué alegría escuchar eso, yo no quiero eso para mi vida, siempre soñé con poder servir a Dios y poder cuidar niños como las monjas, solo que el convento no es para mí.

—Lo primero que te diré, es que Dios no es posesivo y respeta si usted quiere o no dejarlo entrar. ¿Estaría usted de acuerdo de hacer una oración de aceptación y dejarlo entrar a su corazón? — preguntó el pastor Javier de una forma muy dulce.

—Reverendo ya yo hice la confirma y estoy bautizada—contesto Luna.

—No es lo mismo, eso son solo unos sacramentos, pero la decisión de servirle a Dios y que el obre en ti es distinto ¿te gustaría?

—Si reverendo y como se hace eso.

—Muy fácil solo tienes que hacer una oración conmigo, repita detrás de mí si estás de acuerdo.

El reverendo se arrodilló en el piso, Luna por su parte se asombró pues no había ninguna imagen frente a él, más ella lo imitó.

—Señor Jesús, entra a mi vida y perdona todos mis pecados, escríbame en el libro de la vida y permítame ser tu instrumento para el mundo.

Luna repitió cada palabra con fe, fervor y devoción y sintió como un calor leve recorría su cuerpo y en su corazón nacía una alegría que antes no había experimentado se embargaba de ella, tenía paz y se sentía seguridad por primera vez en la vida.

Le pidió venir a los dos días y así poder hacer una cadena de oración con otros hermanos.

CAPITULO XV

Al día siguiente, Luna se dirigió hacia la capilla de oración, ella iba muy nerviosa, pues no conocía nada de esa religión, solo que la madre Sor Clara les llamaba hermanos separados y se dijo para sí, en fin, separados, pero hermanos,

Los métodos que usan deben ser buenos y este pastor, como ellos le llaman a su líder, tiene reputación de poder liberarme de este mal, además desde que resé con el me siento más segura.

Ya en el lugar, tocó la puerta, tenía las manos frías y sudorosas y el temor le invadía su ser, pero la desesperación de saber que, de no librarse de ese mal, podría causarle problemas a la humanidad completa, le daban las fuerzas necesarias para mantenerse firme en su decisión.

La puerta se abrió y esta vez una mujer, morena de cabellos largos, hechos en una trenza que le llegaban a la cintura, le abrió la puerta.

—Hola bienvenida, que el señor te bendiga —le saludó, con una voz tan suave, que Luna sintió una paz en su interior.

—Eres Luna me imagino.

—Hola, gracias, si soy yo—contestó Luna con una nerviosa sonrisa en sus labios.

—Por cierto, soy María, un gusto conocerte.

—Pasa en breve viene el pastor e iniciamos, ya está todo listo.

—Muchas gracias —respondió ella un poco más tranquila y relajada.

Al poco rato llegaron más mujeres y por último se presentó el pastor, con una botellita de aceite consagrado en sus manos, untó con el aceite sus manos y las de las mujeres he iniciaron una oración por ella, poniendo sus manos en su cabeza. Al principio no sintió nada, solo sentía algo de temor e incertidumbre, de pronto no supo más de sí.

Sin darse cuenta de nada, Luna comenzó a flotar, como a medio metro del suelo, luego dio un grito fuerte, un alarido en realidad tan fuerte, que reventase algunas vidrieras del lugar, la oración continuaba, mientras intentaban sujetarla, pero su fuerza era mucha y se libraba de ellas, pero al poco tiempo y con oraciones, lograron que se calmara y luna se recostó en el piso.

Su piel comenzó a verse arrugada y su vientre empezó a moverse más y más rápido, hasta que un rostro se figuraba en él, como si pretendiese romper y salir de ahí en cualquier momento.

La oración continuaba y una voz extraña se le escuchó a Luna decir.

— ¡Déjenme ella es mía! —dijo luna con una voz extraña, que no era su habitual voz. La voz era como de muchas voces juntas pero distorsionadas.

Era una vos espeluznante, tenebrosa he infernal que le pondría los pelos de punta al más valiente

Las mujeres y el pastor continuaron con sus oraciones y el pastor unto aceite en la palma de sus manos y en la frente de luna.

Al instante comenzó a retorcerse en el suelo como si fuera una serpiente, al poco rato se quedó tranquila y pidió agua usando su voz habitual, pero nadie le dio el agua que pedía y empezó de nuevo a revolcarse y hacer ruidos extraños.

La oración era cada vez más fuerte y de un momento a otro, Luna se tranquilizó de nuevo, se quedó quieta en el suelo y comenzó a vomitar algo verde como saliva llena de bilis.

Todos quedaron en silencio. Luna volvió en sí, sin saber lo que le había sucedido, eso sí muy débil, agotada, como si hubiera realizado una gran lucha.

—Levántate, ya estás bien, todo salió bien —dijo el reverendo. —El mal que te acogía ya no está, ya salió de ti eres libre al fin.

Luna se levantó su ropa estaba toda mojada por el sudor, pidió un vaso con agua y esta vez sí le dieron a beber. Preguntó cómo formar parte de la comunidad cristiana que él dirigía y el le dijo que solo era de asistir y que el espíritu santo la guiaría.

Luna se fue para su casa sintiendo que algo en su vida había cambiado, sentía que una transformación se había llevado a cabo en su interior sentía que era otra persona distinta, aunque su exterior era el mismo.

A los pocos días, Luna encontró trabajo en un supermercado como cajera y muy emocionada se matriculo en la universidad en la carrera de medicina,

También, se convirtió en maestra de niños en la iglesia del pastor Javier, donde continuaba asistiendo a cada servicio que podía y muchas personas con problemas similares al que ella una vez tuviese, la buscaban para que las ayudase.

Ella y el reverendo Javier formaron junto con otros miembros de la iglesia un grupo de liberación espiritual y estudios bíblicos.

CAPITULO XVI

Un día, mientras estaba en la iglesia dando una lección bíblica, como era su costumbre todos los domingos. Tocó a su puerta un joven que a su parecer era muy hermoso, era un hombre, alto, de piel trigueña, quemada por el sol, ojos celestes, cabello castaño claro delgado Luna se sintió atraída por el en cuanto entro a su aula.

Él era un misionero en el Congo, en el continente africano que atendía a una comunidad de niños huérfanos, venía a dar su testimonio a los niños y crear conciencia de cómo son de duras las cosas en otros países. Ella se sintió tan relacionada con la actividad que el desempeñaba y esto la atrajo aún más.

El por su parte, quedo enamorado con solo verla, después de contar su historia y que los niños se fueran, decidió hablarle.

—Hola hermana, disculpe la pregunta veo que le llaman la atención mis historias ¿te gustaría salir a comer un helado conmigo?

—Hola, la verdad si me gustaría eso de ser misionero, es casi como lo que siempre he deseado ayudar a niños huérfanos y pobres— dijo Luna muy emocionada.

Ninguno de los dos sospechaba, que esa simple salida a comerse un helado los uniría más en el futuro. Pues su amistad fue creciendo hasta convertirse en amor y terminaron siendo novios.

Un año después, se casaron, muy enamorados y compraron una casa cerca de la iglesia, no era una gran casa, pero si cómoda para ellos dos.

La pareja era un gran pilar en la iglesia y se convirtieron en la mano derecha del pastor, más sus deseos de ser misioneros los atraía aún más.

Después de un año casados, la oportunidad llego y se trasladaron al Congo a ser misioneros los dos, logrando así su sueño, no como monja como Luna siempre imaginó en el convento, pero si como misionera que llevaría salvación y oportunidad a otros niños como una vez la tuvo ella.

Dejando enteramente demostrado que, aunque las personas muchas veces están predestinadas según otros a vivir una vida o bien a realizar un tipo de trabajo, lo cierto es que de nosotros mismos depende nuestro destino y nuestra vida, luchar por los sueños y hacer una vida distinta es posible y más cuando Dios es nuestra guia.

Fin

CONCLUSIÓN

Espero de mi parte que les haya gustado esta novela. Me gustaría me enviaran sus comentarios y sus críticas de mi trabajo, para así poder madurar en este oficio, día con día, para mi será un gusto saber que disfrutaron mi novela y que pasaron un rato ameno con ella.

Esta novela es la primera que realizo de este género y me gustaría me hagan llegar sus comentarios.

Estoy para servirles y gracias por permitirme llegar hasta usted.

Esta es mi página, mi correo y mi otro libro en Amazon estamos a sus órdenes

https://www.amazon.com/LUZ-ENTRE-BRUMAS-PROYECTOS-COMUNITARIA-ebook/dp/B0784HFNMK

https://www.facebook.com/henryesquivelescritor

polcriman@hotmail.com

polcrimam@gmail.com

Made in the USA
Columbia, SC
28 April 2023